JN101978

もうこりた

中谷美久
NAKATANI Miku

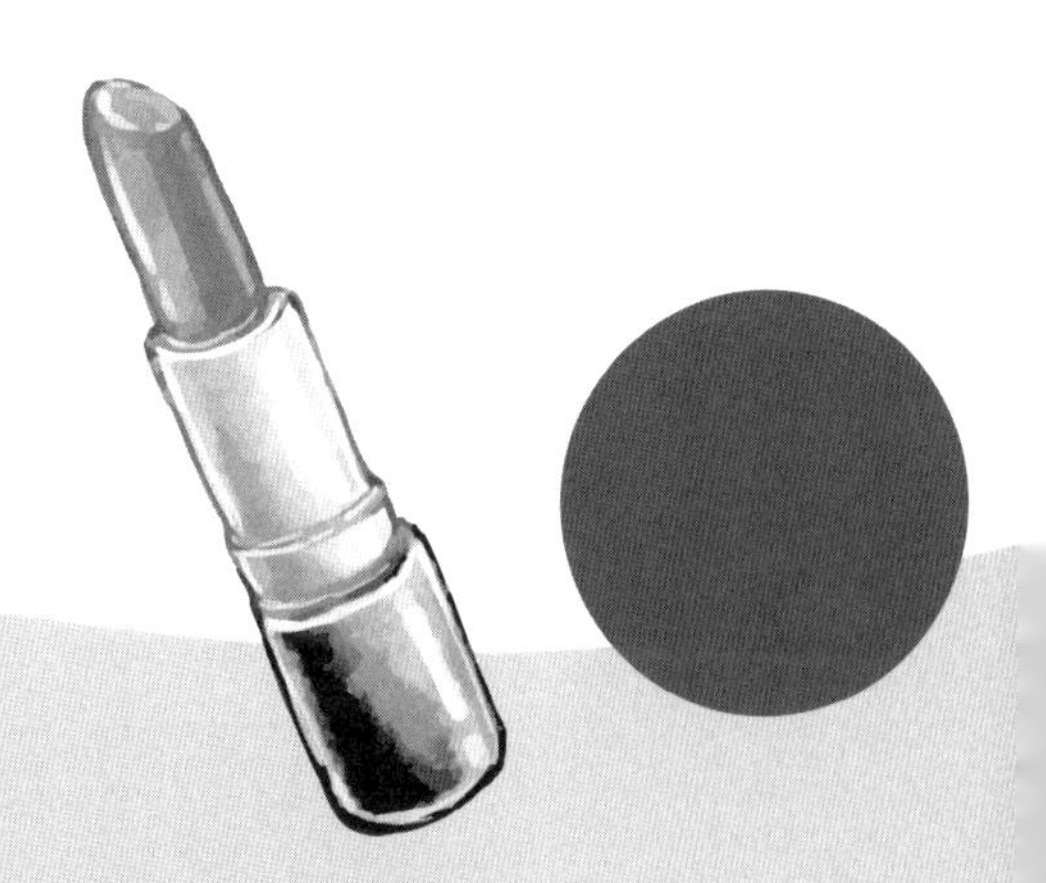

文芸社

1

みか子は何か〝大きなハコもの〟に携わっていることに基準を置く娘（こ）のようである。

一人息子の敬介が二十八歳になった春の夜、「彼女にプロポーズをして承諾をもらった」と久しぶりに連絡をしてきた。

大学の同級生だった二人は社会人となり、それぞれ忙しくしていたようだったが、息子からは一向に結婚の話が出なかったので、二十代の後半に差し掛かってきた時、景子はさすがに、

「ずいぶんと待たせているな」

と、相手方のご両親に、勝手に申し訳ないような気持ちになっていた。

その頃よく、

「その気がないのなら、女性の花のいい時を邪魔してはいけない」

と女性目線の価値観を押し付けていたので、「よかった」と思う反面、つきあいが長引いたのは何か理由があったのだろうかと、我が息子に対して下世話な推測をしていた。

その後、敬介からの何度目かの連絡で、

「みか子の希望で、食事をしながら両家の顔合わせを行い、結婚式は神社で家族だけで挙げようと思う」

と、地方に住んでいる景子でも当たり前のように知っている、東京でも有名なホテルの懐石料亭と神社の名前を出した。

「私たちが反対する理由は何もないから大丈夫よ」

と告げると敬介は安心したように、

「一度彼女を連れて帰りたいから、予定を空けてもらいたい」

と言って電話を切った。

敬介の希望で十一月初旬の帰省となり、連休の初日に、みか子は初めて我が家を訪れた。

景子の住むマンションは川沿いに建っており、西日を受けると川面の深緑がキラキラと光って見える。

向こう岸にはこちらと同じようなマンション群が立ち並び、川縁（かわべり）の遊歩道は朝夕のランニングやウオーキング、ペットの散歩などで賑わっていた。

彼方には小高い山が横長に連なっていた。その小さな山の中央付近には自然の森公園や美術館がある。春には桜並木が続くドライブコースとなり、毎年開催される「桜まつり」は大勢の家族連れが、満開の桜の下で賑やかに宴会を行っていた。

対岸の特権で、十一月のこの時期は大パノラマで紅葉を堪能することができたので、景子はリビングではなく、一番眺めの良い川沿いの和室に客人を通すことにしていた。

夫の功一は、景子の実家の父がそうしたように、三つ揃いのスーツを着て、三十分も前から座り込み新聞を読んでいたので、景子が二人を玄関で出迎え、時世柄、アルコール消毒を促し、一番奥の和室に案内した。

みか子は「わぁー」とすぐに窓の外の彩を見つけたが、敬介は父親の正装を見て、いつもの帰省と同じようにTシャツを着て帰ってきたことに、少しバツの悪そうな表情をした。

髪を自分でセットしてきたのだろう。横の髪を触角のように少しだけ垂らして、残りの髪をハーフアップにし〝ぐるりんぱ〟とアレンジしていたので、景子の角度からは彼女の触角と耳との間の表情がよく見えた。

みか子はまるで手入れをしていないような、高度なナチュラル眉毛を「へ」の字に描いていた。もしあの時、正面から彼女を見ることができたら「へ」と

「へ」の間にもれなく渋く黒い縦皺を発見したはずだ。

息子のために一生懸命おしゃれをしてきたのだろう。クリーム色のワンピースと〝触角くるりんぱ〟は彼女によく似合っていた。

二人を迎えた功一が遠路の礼を伝え、着座を勧める間、景子は用意した茶菓子を運び、配膳を始めた。

彼女は座布団に座ると、

「はじめまして、〝園児百五十人の認可園〟に勤めています、下平みか子です」

と挨拶をした。

みか子は〝認可〟という所でほんの少し声が上ずり、小さいながらもそこだけぐっと強い音を出した。

「ニンカ?」

景子はその三つの音に妙な違和感を覚え、一瞬耳元に意識を集中させたが、この日を色々な感情とともに心待ちにしていたので、彼女の第一声の上ずりは緊張

しているのだろうと思い、

「聞いていますよ、センセイなのよね」

と、自分の中で一番柔らかいと思っている声で彼女に向けて、あえて明るく返答をした。

するとに驚いたことに、みか子は、一瞬だけこの場の誰にも悟られないように首をほんの少し前に落とし、俯き、目の前の座卓を見ながら、

「ふっ」

と小さく息を漏らし、目を閉じたのだった。

(今確かに、私の言葉で彼女は小さく薄い、ため息を吐いた)

その無意識の細長い空気の流れは、俯いていた座卓の前で跳ね返り、みか子の斜め後ろで茶菓子を出そうとしていた景子の横頬にまともにあたった。

四人ともまだマスクを外していなかったが、生ぬるい風を感じた景子は、思わずみか子の横顔を見つめた。

「わかってほしいのはそこじゃないのに！」

「大きな園で、たくさんの人達が働いているオオテなのに！」

彼女の心の声が、ため息の生暖かい風力と共に、景子の耳の奥に〝もわん〟と入り込んだ。その主張は小さく鈍く耳鳴りのように囁き、不気味でねっとりした音となり、いつまでも鳴りやまない。

その瞬間、景子は果たし状を受け取ってしまったかも、と感じた。頬にあたった彼女の吐息は、まだその辺りを浮遊していて、空気に触れたそれは冷たく細長い刃のように、「すーっ」と背中の筋をなぞった。「ぞわっ」として、また横顔を見る。

若く冷たい非情な空気。みか子の「私が最強だから」「私が彼を選んだんだから」という、したたかさをいくつも隠すことができる長い長い睫毛。

果たし状を受け取ることは本意ではない。私にもムスメのような可愛いお嫁さんを「迎える」という淡い夢があったのだ。

いや、違うか。

景子は彼女がこれまでの人生の中で大切にしてきた〝大きなハコもの〟への愛着や、身の丈に合わないけれど一生懸命探し、自分に繋げた〝ブランド〟などにこだわり、自分の中の人間力で勝負する術をまだ知らずに〝世間に認められるのは人数の多い場所で働く私〟などという、ひよっこの感情を笑って見逃すことができない。そうして一瞬で、わざと、彼女が喜ばない答えを用意したのだ。

女にしかわからない感情を認可せず、敢えて静かにぶった切ったのだ。息子のために全てを丸く収めて、敗北したらよかったのかもしれないが、そうはしなかった。

気がつけば息子が結婚する年齢になり、熟練した大人の価値観などと称して、色々な鍛錬をしてきたつもりでも、ものの一瞬にしてエゴが勝ってしまった。

小さいため息は一瞬だった。みか子は瞬く間に修正作業に入り、慣れている様子で表情を変え、正面に座っている夫に〝くしゃっ〟とした笑顔で、「はい！」

と頷いた。

（もしかすると厄介な子かもしれない）

男どもはそんなことは全く気がついていないのだ。みか子は、「よし、初めての挨拶は上手にできたはずかも」と、目と目の間、鼻の頭に可愛らしい皺を寄せ、「きゅっ」とまん丸いほほを緩ませながら、横にいる我が息子を覗き込んでいた。

（〝ニオイ〟を強調するオンナだ。やっかいだ）

無意識の無邪気は、早い段階から自己分析ができており、他己分析は一生しないのだ。

功一は座卓の上が整ったのを確認して、

「みか子さんが嫌でなかったら皆マスクを外すか」

と、顔合わせを始める合図をした。

彼女はニコニコ笑いながら「はい」と花柄のマスクを外した。そして、勝手に勝利宣言をしたように、「いただきます」と手を合わせると、まだ〝誰も手を付けていない〟茶菓子のもみじ饅頭を手に取り、袋を開けるとリスのように、〝もぐもぐ〟と頬張り始めた。

「可愛い食べ方でしょ、無邪気でしょ」

敬介は顔を引きつらせて、我が家にもかかわらず緊張で声がカラカラに干からびていた。景子が着席してもまだ何も口にすることができず、土気色の黄色い笑顔で改めて紹介を続けた。

「みか子のおばあさんは高輪に住んでいるんだよ」

敬介はみか子と同じようにグッと鼻根に皺を寄せた。

(ダメだ!)

この瞬間、完全に宣戦布告を受け入れた。

お前まで初対面の紹介でそこを強調するのか。

〝オカネモチの街に親族が住んでいるんだ、カノジョスゴイでしょ〟

以前の君ならハコの外観やブランドではない、どんなに良い人物かという人となりを、一生懸命説明するのではないのか。

これまで、懸命に刷り込んできた私達、道重家としての「教え」や「価値観」はどこへ置いてきた。東京へ送り出した時〝自律〟を養うためにと敢えて手を焼かなかった。そして十年間でそれは見事に覆された。一人で掃除をし、料理をし、仕事の様々な大変さやつらさを乗り越え、彼女に癒されながら、〝自立〟はしたものの、私達が常に口酸っぱく言い続けた〝自律〟はすっかりお忘れになったようだ。

嫁ぎ先の道重家と実家の教えは偶然にも同じだった。景子の先祖は〝お寺さん〟で、父や、実家によく遊びに来ていた寺を継いだ叔父から「忘己利他(もうこりた)」や

「照千一隅（しょうせんいちぐう）」という教えを聞いて育った。

それは幼いながらもとても「好きな言葉」だと感じたので、自分なりの解釈ではあったが、有事に限らずいつでも相手の立場でものを考える人間になりたいと過ごしてきた。

「今この場で一人一人が自分のできることをすることで、千里の道が明るく照らされ世の中がよくなる、そして私もあなたも世の中の宝なのだよ」と。もしかしたら自分が我慢をする瞬間があるかもしれないけれど、それは私達の生き方の一部なのだ、と。

そして夫は小学校の恩師から受け継ぎ、大切にしてきた「克己心（こっきしん）」という言葉を、幼い頃から息子に伝え続けてきた。

「敵は他人ではなく己（おのれ）」

敬介は私達が根気よく伝えたいくつかの言葉と共に成長し、周囲の声を聴く耳を持つ「自制心」と、自分で考え行動する「積極性」が、バランスよく備わった大人に成長したのではないかと密かに感じていたのだ。

そうか、相手の立場で考えた結果が彼女に自由を許し、先に饅頭に手を出す無作法を許し、私に我慢しろと伝えているのか。これも私達の教えか……。

みか子は〝もみじ饅頭〟を子供のように両手で食べ終えたあと、次に〝川通り餅〟に手を付けた。彼女の好物と聞いて用意していたものだ。

横に座っている敬介は、今度はおたふくで熱が出たあの幼い日のように、顔を真っ赤にして、時折会話の根っこがわからなくなりながら、プロポーズからみか子の両親への挨拶までの様子を時系列で一生懸命に話していた。

功一と景子は、息子の話に相槌を打ち、質問をし、会話を続けた。その間、彼女は「結婚の挨拶」という何処で馴れ合いになるのかを探りながらの果てない緊張空間の中で、「食す」という作業をただ一人だけ終えていたのである。その様子を見ながら、この娘は好物を後で食べる派なんだなとぼんやりと思った。敬介は一人っ子で、兄弟との食べ物争奪戦とは無縁でありながら、好物は一番に食べていた。

まるよしのコロッケとからあげはどっちが先だったっけ、と地元の名店の揚げ物がふと頭をよぎった。

体が大きかった敬介は、小学校で体の弱い同級生を自らおぶって遠足に参加し、中学校では牛乳を買うのに並んでいた行列に、横入りしてきた上級生達に「ダメだ、並べよ」と注意し、喧嘩になった。

突っかかってきた上級生をひらりと交わした時、その中の一人が入口のドアに体当たりして上半分の覗きガラスにヒビを入れ、ケガをした。

功一と景子はその日の夕方学校に呼び出され、教室に出向いた。夫は息子に、ケガをした上級生と親への「詫び」を入れさせた。敬介は憮然としていたが、ケガをさせたという大義名分でしかたなく謝った。謝る後ろ姿は悔しさで大きな肩

が小刻みに揺れていた。しかしその親子が教室から出ていった瞬間、功一は、

「よく言った」「よく我慢した」

と、息子を大袈裟なくらい褒めたたえた。背中を丸めていた敬介は言葉にならない怒りを抑えた時にいつもするように、右に首を傾け、目を大きく見開いて二回ほど瞬きをしていたが、なんだなんだと〝きょとん〟とした顔でこちらに向き直り、コキンと首を左に持ち上げた。

功一は、お前は間違ってはいない、けれどもケガをした事実があるのだということを丁寧に伝え、すぐに理解した息子は「怒ったのは父さんの演技だろ」と、さも判っていたような口調で頷き、「どう考えてもエバって横入りをしたのが許せなかったんだ」と拗ねたように言った。

先生は困ったように笑いながら少し涙を浮かべていたように見えた。

息子よ、わかっているよ。君の正義感は本物だよ。でも君は体が大きいのだよ。

その日は敬介の大好きな「まるよし」のからあげとコロッケを大量に買って帰

り、「いくつでも、何杯でも、どんどん食べなさい」と購買で横入りされた同級生をかばった息子を好物で労った。

そうか、からあげとコロッケから夫と敬介の「武勇伝」を思い出したんだな。君たちはわかっているのか、そんな気分の良かった男どもが気がつかない、〝魔女っ娘みかちゃん〟が、魔法の杖を振り回し、まんじゅうを食べにやって来たんだぞ！

景子はここにいる誰にも悟られないように、「すぅー」と鼻で息を吸い、また鼻で吐き、両肩を後ろに反らしながら、肩甲骨に力を入れた。胸を張りながら、

①やっかいだ

②男どもは気がついていない

③無意識の無邪気だ

と、自分のこころを要約した。

「私はただの女の子ではないのです。バックグラウンドをいっぱい持っているから認めてもらいたいのです」という初対面の、懸命の、精いっぱいのアピールではない。

可愛い主張は大歓迎だ。でも、そうではないようだ。

自分達なりの幸せな、豊かないい時間は終わったのかもしれない。

景子は、きれいな着地点が見つからないまま、第一回目の他己分析を終えた。

場所を変え、ささやかな宴を開こうと、十八時に予約したホテル内の茶寮の場所を伝え、一度解散をした。

景子が彼女に抱いた感情とは別に、功一は息子に対して何か思うことがあったのだろう。疲れた様子で、スーツを脱ぎ、「アイツはハワイから来たのか」と言いながら、秋色のチェックのシャツに着替え始めた。景子もパールのブローチを外し、ゆったりとしたワンピースを着ることにした。

夫の言いたいことはわかる。

「アイツはこんな時、ネクタイはせずとも、せめて襟付きのシャツを着てくるのではないのか」

夫は結婚の挨拶の時、私の父が自宅で三つ揃いを着ていたことを「敬意を払ってもらった。認められた気がした」と、何年経ってもよく口にする。夫ももちろんスーツを着ていたが、その話は敬介もよく知っているはずだった。だから親の思いをくみ取ってくるはずだと確信に近いものがあり、実の親子とはいえ自宅で正装をした二人で笑いあえるはずだったのだ。


会食の場で、みか子の自宅に挨拶に行った時の写真を見せてきた。敬介は白いカッターシャツにネクタイを締めていた。

両親はTシャツにジーンズのカジュアルないでたちだった。母親に至っては着古した煮しめ色の、首の部分がよれているありさまだ。みか子も裾がフリンジのような、切りっぱなしのジーンズを穿いていた。

「敢えて普段着で出迎えています」

「これが私達の生き方です」

という、強い自己主張を隠してはいない。

セルフタイマーで撮ったのであろう、みか子の妹も含めた全員が写った一枚は明らかに息子だけが浮いていた。背景には海外の海の写真だろうか、大きくうねった明るいブルーの波の写真が飾ってあった。

吐息のような細長くぬるい、ねっとりした生暖かい風と、カジュアルなブルージーンズ色の軽い空っ風、強いこだわりで家族を支配し続けてきた煮しめ色の竜巻。そして両親の後ろに隠れ、気配こそないが、決して姉は渡さないという小さな凩(こがらし)。

得体の知れない四つの風が、いつの頃からか敬介にまとわりついたのだ。そうして私達親子が三人の生活の中で大切に培っていた、相手を敬うという私達なりの日本の矜持というものを、彼は完全に忘れてしまったようである。

2

十一月の連休に行った「果たし合い」のようなぐったりした顔合わせを終えると、当たり前だが普通に月曜日がやってくる。

週の初めは九時半から行うリモート会議があるので、景子は鏡を見ながらアイシャドウやチーク、明るい色のリップをしっかりと塗った。

ここ二年の間で働き方がすっかり変わり、テレワークで業務を行う機会も増えていた。マスク生活が当たり前となり、いつの間にか外出の際だけではなく、リモートの場でも口元に何かを塗るという作業を忘れてしまっていた。

ある日の会議終了後、若い部下の杉下恵美理となんとなく近況報告をしていた時、恵美理が突然、「ダメですよぉ、お肌がお白いからお顔の色が悪く見えますよー」と、どこかの美容部員の女性のような笑顔で、画面越しに一気に捲し立ててきた。彼女によると画面越しに映えるメイクのやり方があるそうだ。「ダメなの？」「ダメですようっ」と、キャンキャン吠える部下に、その場で手持ちの化粧品を曝け出し、「美容オイルを少し垂らすのが血色感とツヤ感を出すポイントです！　ぼやっとした目は、アイライナーを埋めるように描いてくださいね」と、「お肌のお白さ」とは関係ない目元にまでダメ出しをされ、しっかりとメイクを教わった。自分の教えを素早く忠実にこなした私に満足したのだろう。画面越しに、「オッケーです！　ゴウカーク、さっすがー」と何がさすがなのかさっぱり解らない合格点をいただいた。確かにぼわっとした画面映りからは脱却したようだ。

〝間違った最上級〟の敬いだったが、いい気分の彼女の敬語を正すのは後日にしたのだったな。

「楽しい会話じゃないの……私は若い子に寛容じゃないの……」

変な話、例えばみか子と同年代の〝画面映えメイク〟の恵美理が「たのもう！」と果たし状を突き付けてきたとしたら？　元気に、荒々しい口調で暴れまわる姿を見て、私は思わず「はいはい、わかった、わかった、降参！」と言い、顔を見合わせて笑うだろう。

みか子の果たし状は、横顔を伏せながら、含み笑いでそっと差し出された〝恋文〟のようだった。私はみか子と笑いあえる日がくるのだろうか。

コーヒーを飲みながらぼんやりそんなことを考えていると、すでに九時を過ぎていた。

もうこんな時間かとパソコンを立ち上げ、ズームのセッティングを開始する。

「『はい』は一回ですよー」

必ず自分の意見で締めたい恵美理の声が聞こえたような気がしたが、彼女がまんじゅうを頬張る姿は浮かんでこなかった。

マンション対岸の紅葉絶景は気がつけば終わっていた。春に美しい紅色の桜が満開になり、夏は新緑が眩しく、秋には赤やオレンジ、黄色など色とりどりの落葉樹の紅葉を独占することができ、季節の日めくりに心を躍らせていた。

毎年、彩を楽しみにしていたのに。今年はそんなことさえも全く気がつかなかった。春に桜を見た記憶もない。五月の新緑も覚えていない。春と夏、季節の変わり目を二回も見逃していたんだな。

「奥さん、あの子はやめたほうがいいわ」

景子はふいに、忘れたふりをしていた、昔の出来事を思い出した。

敬介が社会人になってすぐの頃、東京に住んでいる功一の友人、寛洋が、息子とみか子と食事を共にしたのち、連絡をしてきた。敬介と八つ違いの寛洋は、御(おん)大(たい)と呼ばれる地元有権者の父親がおり、もともとは功一の後輩の市議会議員がパーティで御大と顔を繋げたのだった。御大は功一の人柄をえらく気に入り、帰り際、「是非、我が息子に礼儀を教示してほしい」と言い残し、会場をあとにした。

寛洋の父親は自身でも十分説法を説くことのできる、物静かで礼節を重んじた地元の重鎮であり、名士であった。寛洋はいわゆる世襲で、茶道や香をたしなむ嫋（たお）やかな若者だ。二年前に見合いで結婚した同学年のしっかり者の妻、凛子の尻に敷かれつつ、尻に敷く彼女と共に、他者の前ではすでに行儀をわきまえていた。年の離れた功一達ともよく気が合い、今は外の世界を見て社会勉強をするようにと東京の商社に勤めているが、地元にいる頃は道重家にもよく遊びに来ており、小さい頃から可愛がってもらった敬介は、今も時々食事をご馳走になっているようだった。

敬介は高校の志望校を決める際、野球での越境留学を強く希望した。そして入学した関西の高校は、文武両道を旨としたいわゆる強豪校で、彼は三年間、携帯電話禁止の寮で過ごし、世俗を離れ、心技体をみっちりと鍛えられていた。

その中のひとつ〝上下関係の在り方〟を自然と身につけており、今でも信頼した大人の懐にドンドン入り込んでいくので、その若い夫婦も再会した敬介をすぐに受け入れた。

息子にはそんな大人が周囲に何人もいて、私達が恐縮するくらいの年配の有識者達も、気軽にのびのびと都会の大海原を泳いでいけるようにと寛容に振る舞ってくれているのだった。

敬介は皆の善意の力を借り、孤独とは無縁にしっかりと荒波を乗り越えていたようだ。

スマートな大人達と行動を共にし、時に行儀作法を教わり、様々な場所で食事のマナーを習得し、アップデートを重ねていった。

高校時代は容易に連絡が取れないので、かなりの頻度で手紙を書き、近況や悩みを綴ってきた。私達もすぐに返信をしたので、その宝物は三年間でかなりの量になっていた。

そしてその古風なやりとりは大学生になったあとも少しの間続いていたが、いつの間にか恐るべきスピードで世間の情報に追いつき、あっという間にSNSで家族グループを作られ、そのうちにだんだん文章が短くなり、今は必要な単語だけをポンと送ってくるようになった。

「全く、あいつはポエマーだな」

たまに茶化したりしながらも届く手紙を心待ちにしていた功一は、がぜん文字数の減った画面を見て、「何が〝りょ〟だ、意味わからんぞ!」と、あきらかに寂しがっていた。

「今時は一言でなく、さらに一文字で〝り〟らしいわ」と景子は言った。

それでも、意外なことに、敬介は常にハガキや便箋を用意し、親しくなった方々には相変わらず一文を書いて送っているようだ。

たまに帰省をすると、掃除をしておいた部屋はぐちゃぐちゃになるわがまま王子であったし、三人掛けのソファーを独占し、でーんと横たわり、大きなタイの仏像のような振る舞いをしていたので、景子には彼の人生の航海が相変わらずぽちゃぽちゃ泳ぎにしか見えなかったが、時々「奥さん、あの子はいいニンゲンになったよ。口数は少ないけれど、常に誰かを救っているようだ」と伝えてくれたりする人もいた。そういった言葉をもらえることで、自分達にも息子にも厳しくしてきた私達が、少しだけご褒美をもらったような気になるのだった。それもこれも助けてくれている様々な人、そして息子のおかげでもあるのだろう。有難いことだと感謝を胸にしまいながら、息子にはまだまだとさらに恩義や行儀を厳しく伝えてしまうのだった。

夫妻は、敬介の高校卒業時に、よほど困って連絡をしてきた時以外は「手を離す」と覚悟をして東京の大学に送り出した。

その様子を見た色々な大人が、常に敬介を心配し、代わる代わる手を差し伸べてくれ、私達にその都度、成長度合いを知らせてくれるのだ。

そのような配慮の塊の一組が若い世襲夫婦であり、いつものように食事に誘ってくれた時にいよいよ彼女を紹介したのだろう。

「奥さん、あの子はやめたほうがいいですわ」

「ワシは反対じゃ。あの娘は自分の親の考えが全てで、それを敬介に押し付けよるわ。あのバカ、最近言うこと聞かんじゃろ？　お相手さんの家は奥さんらとは生き方が真逆ですよ。それと親子が共依存じゃけぇ、親が離さんよ」

スリムなスーツを着こなしながら、私達の前では敢えて方言を使う彼はそう伝えてきた。

「反対じゃ」

今では雲の上でも自由な恋愛が許されているだろうに、未だ環境や倫理観の違いで、別離を静かに受け入れる世界もある。

「世襲」より「セレブリティ」という言葉のほうが似合う彼の顔が、物静かな重鎮と重なった。

共依存……。
その頃はもう風が吹いていたのだろうか。

高校時代、何もない、青い空と緑の山しか見えない、そんな山奥で修行僧のような野球生活を送っていた敬介。山から降りて、大学のキャンパスライフというキラキラした都会の絵の具に染まっちゃったのだろう。私にも同じような記憶はある。

しかし、その頃世の中を少し斜めに見るような言動が増えたようにも感じていた。変化した敬介は、近しい大人には慎重な行動でその兆候を見せなかったようだが（いや、大多数の大人が許容範囲として泳がせていたのだろう）、年が近く、繊細な芸術肌で、勘の鋭い寛洋はどこか引っかかるものがあり、口に出さずにいられなかったのだろう。

以前、敬介は、「多様性」という言葉を、この若い夫婦から教わったと言っていた。

多様性のある社会とは。異なる価値観で溢れているこの時代を気持ちよく明るく受け入れるということなのであろう。ただ、その「受け入れる」にはどこかに我慢という不快な感情が芽生えることもある。というのが前提だと思うのは、私の歪んだ考えなのだろうか。我慢をすることで多様性を維持するということもあるのではないか。

「ならぬことは、ならぬ」は通じない。

私にはまだまだ忘己が足りない。

その後も息子とみか子の付き合いは続いていた。

ここ何年か、心の奥で自分の意思では決められない何かが私を捉えていた。

気を抜くと、心の奥の弱い部分や、繊細な部分に簡単に入り込んでくる何かが、常に私を怯えさせ、心配させせた。必要以上に何とかしたい、そして結果を知りたいという気持ちが常にある。

毎日、毎日ぐったりとし、踏ん張っていないと何者かに「とん」と軽く押され、丸く柔らかい場所からとがった痛いところに堕ちてしまいそうになる。ふわふわした何かが纏わりつき、足を取られ、負けそうになる。自分の強さや力がどこまで持つのか限界を試して未来を知りたがるような。時に自分を失うほどの果てしない執着や、いつもだったらここまではやらないだろうという傷だらけの努力で、限界に近づくまで行動してしまう。長く暗い道を走り続け、気持ちも体も疲れ果てて。

そんなエネルギーが悪いほうに働いているような気がしてならないのだ。

果てしない執着や、欲しいものを欲しいと思う感情のあまり、手段を択（えら）ばなくなってしまう時もあったのではないだろうか。力ずくで奪い取り、引きちぎり、力で抑え込むような。「何を？」と言われたらわからない。目に見えない何か黒く重い感情だ。心の奥が不安であるがゆえに何かに執着をし、必要以上に行き過ぎた何かを求めていることがある。しかもそれを長く持ちすぎている。全て投げ捨ててしまいたいような、でも手放すことができない。手放して良いほうに転がればいいが、決して健康的なやり方とは言えない気がする。

その反面、冷静になると、そんなものはなくても全く平気であり、欲望として持っていなくてもいいものなのだということも理解している。

けれども、常にたくさん、いくつも、持てなくても、毀(こわ)れるまで持とうとしているのだ。私は自分自身の中に、豊かな充足感を持っていることもわかっている。日常は平穏だ。日常の中に豊かさを感じられる瞬間や、出来事に包まれながらも、充足感や満足な日々を妨げるものが何かあり、刻々と私にジャッジを下す日を待っているのだ。そしてそれに抗い、自分を守ろうとするがゆえに、冷静な判断を促すエネルギーが妨げられ、違う方向へ行っているのだ。

「私の生き方は間違っていたのかも」
「私の生きざまは間違っていない」

もうそこから抜け出す準備をし、判断をする時期なのだろう。わかっている。持久走に疲れた。しんどいのだ。体も心も走り続け、ランニングマシーンのように止まらないのだ。自分でストップボタンを押さない限り。手を縛られ走っているわけではない。自分でストップをかけることは容易なのだ。ただ、止まるという決断は、疲れや怖さからくる判断ではなく、本当の意味での豊かな賢明な決断でなければいけないのだ。

ランニングマシーンから降りても、歩いて家族の待つ自宅に戻る余力はある。私は愛されているし、変化を受け入れることができると知っているのだから。黙って何もしないことに身を置くことができない。自分の力を精いっぱい善いものとして使い、言葉にし、行動しなくてはいけないような衝動に駆られている。

3

みか子と初めて会った十一月から四か月後の三月下旬、東京で両家の顔合せを行った。そのホテルは都内の一等地にあり、一階にある和風料亭は、敬介達が選んだ場所だった。

店内に入る途中には、小川が流れ、橋がかかっており、その茅葺屋根の一軒家風の造りは屋内ながら、各個室から、アトリウムガーデンの自然光に照らされた日本庭園が堪能できるようになっていた。景子達三人は一時間前から出向き、サロンでコーヒーを飲みながら待機し、早めに料亭に入り、その時を迎える準備をした。早め早めに。これが道重家だ。

今か今かと待っていたが、いつまで経ってもアチラが訪れる様子がない。すでに約束の時間を過ぎている。遅刻だ。敬介が何度か連絡を入れると、祝日で道が混んでいるとのことだった。仕方がない。百歩譲って不可抗力だろう。

「いい天気になったね」

景子はわざとゆっくり発声をした。朝の肌寒さは消えており、アトリウムガーデンには柔らかい日差しが注ぎ始めていた。

景子の声に怒りが滲んでいないことを確認した二人は、同時にガーデンテラスに目を向ける。

その瞬間、庭園奥の駐車場からロビーに向かうみか子達が視界に入ってきた。

「ああ、着いたようね」と景子は声に出し、功一と敬介も連なる家族の姿を目で追い始めた。顔合わせの開始時刻はとうに過ぎていたが、みか子達はゆっくりと、にこやかにロビーへと向かう通路を歩いている。

ふいに、先頭のみか子が立ち止まり、嬉しそうに足踏みを始めた。右っ左、右

っ左、右っ左、右っ左、やがてそれはスキップに変わり、なんとその場でくるんくるんと回り始めるではないか。くるり、くるん。スキップしながら回転している。

くるり、くるり、くるん、くるん。豊かで重そうな長い黒髪は、カウボーイが回す縄のように、バランスよく円を描き、後ろから前へ何度も出てくる。同じ速度で出てくる紅顔は、薄赤の頬紅と適度な運動量で高揚し、艶々と輝いていた。ピンクのアヒル口は「うふっ」と画面に字幕が見えるようだ。そしてこの子はよほど体幹が強いのか。中心はどっしりとして、全くブレていない。

さらに腿を高く上げ、今度はスキップで回転しながら前に進み始めているではないか。

景子は全身の力が抜けていった。かろうじて膝で踏ん張る。

（そうね、楽しいのね……、ここまでそれで来るの？）

我が家へ来た時の、長旅の中何度も塗り直したであろうくすんだ化粧とは違い、つけたてほやほやのラメが一回転ごとに木漏れ日に反射し、キラキラと光っている。

何が起こっているんだ。大の大人が公共の場で見せた幼児のような振る舞いに、景子はあっけにとられ、思わず、「はあっ？」と声を出した。それを受け、功一はすぐに大きく「すぅ～」と息を吸い、私の声ごと全て、ごくり、と飲み込んだ。

大安だからだろうか。友人の結婚式であろうみか子と同世代の、綺麗にドレスアップをした三人組の女子が、すれ違いざまクスクスと笑っている。

後ろをついて歩いている両親は、微笑みながら、眩しそうに目を細めている。これから我が娘最良の瞬間の一幕目が始まるのだ。この愛おしい姿をいつまでも目に焼き付けておかねば、と。主役は回り続け、脇役はうっとりと見つめている。

くるり、くるん。くるり、くるん。

主演まんじゅう娘の「ピンクの幸せの舞」を目の前で見せつけられ、さすがの敬介も絶賛絶句中だ。顔の色素が薄くなり、みるみる白くなっていた。

しかしそれは、彼女の幼すぎる振る舞いに対してではなく、両親の遅刻は不可抗力だからという困難な受容でもなく、ただただ私達が「席を立って帰りませんように」という願いのように思えてならなかった。

そして、たいして悪いとも思っていない態度の彼女の両親の着席を皮切りに、みか子が浮かれているだけの空しい時間であろう会食が始まった。

息子達の入籍は六月の二人が出会った記念日に、式は十二月中旬に、と決まった。

4

顔合わせというものは、こんなにも疲弊するものなのだろうか。夫は離陸とともにシートに深く沈み、寝息を立て始めていた。

「キーン」

気圧の変化だろうか。いや違う。

耳鳴りのような音が聴こえる。

景子は思う。まただ。自宅での顔合わせの時と同じだ。ゾワゾワゾワ。鳴りやまない耳の奥の不快音に「スーッ」と鳥肌が立ち、急激に全身に広がり始める。

「ガサガサ！　ガサガサ！」

今回は模造紙がこすれて鳴るような不快な音だ。そうか、あの両親はラッピングペーパーなのだ。可憐な花を扱うように育んだ、二十八歳の無邪気園児を丁寧に大切に包む紙。真っピンクのその花を、優しく柔らかく包み込み、欲しがるままに何種類もの色とりどりのリボンをかけてあげているのだろう。今この時も。キレイだね。可愛いね、と。

両親はラッピングペーパー、それならば私は紙とピンクの花の間に入る透明なセロハンなのだろうか。薄いラッピングペーパーはセロハンと摩擦を起こし、こすれた音は不協和音となる。そして時に静電気を発生させ、花と自分の間に入るなと主張を譲らない。邪魔をするなと攻撃をしかけ、自分達の生き方を押し通すのだ。柔らかく優しく見せかけながら、花をいつまでも囲い込み、周囲にガサガサと耳障りな音で威嚇する。この花束はセロハンなどはいらない、と。

「邪魔だ！　出ていけ！」

「可愛い花を包むのは私達だけ！」

「娘に近寄るな！」

一見、物静かで穏やかそうなみか子の父親は、〝高いプライドが態度でばれています〟という人物であった。顔合わせの時はずいぶんと隠し切れない〝本人の〟話を聞かされたものだ。息子達二人のこれからのことや、こちらの生活環境に興味がないことはもとより、他者と社会生活を共にするにあたり、時に相互でやりとりをするであろう「社会的お愛想」のひとつもなかった。年齢は功一や景子よりかなり上のようだ。それだからだろうか。

しかし、家庭の女性陣には頭が上がらないようで、みか子の母が家庭内の取締役だ。顔合わせの時はずっと下を向いていたが、突然顔を上げ、真顔で「時々、女子三人で主人にイタズラをするのです」と言い、再び下を向いて食事を摂り始めた。年齢不詳だが、みか子の父とは年が離れているように見える。童顔で娘二人と並ぶと三姉妹に見えなくもない。このイタズラ三姉妹は顔合わせ終了後、両家の解散の挨拶も済まないうちに、連れ立ってトイレから二十分も出てこなかった。豪華絢爛な装飾のある、有名なトイレだ。

〝長女〟と〝三女〟が食事の場とはうってかわって、宛ら、女子会ランチの帰りのようにはしゃぐ姿が目に浮かぶ。

みか子の父は「いつも私が一人でねぇ」と嬉しそうに一人待っていた。携帯で連絡をして窘(たしな)めるようなことはしない。

必然的に景子達三人もトイレの前に立たされた。

この家族は、本当に職場や地域との人間関係を培ってこなかったのだろう。

「こういう生き方もあるんだな」

景子はパンプスのつま先が痛くなるのを感じた。

父親はお酒好きの側面も持ち、東京都に緊急事態宣言が出た時も、開いている食事処を見つけては、「ちょっとだから」と何度も敬介を酒席に誘っていたようだ。


敬介はこの頃、学生の時のように功一や景子によく電話を寄越し、久しぶりに色々な話をして聞かせてきた。みか子との付き合いがようやくオープンになり、一番経緯を話したい時期だったのだろうか。近況がずいぶんと伝わってきた。それとも暇だったのだろうか。緊急事態宣言や蔓延防止措置期間の最中、たびたびみか子と外出するわけにもいかず、週の半分はリモート業務となっていたので、一日中一人でいることも多かったようだ。

「たぶん俺のこと、初めての部下だと思っているんだよ」と敬介は笑っていた。

景子はまだ不機嫌を隠していた。

この二年、ほぼ外食には行かず、夫婦二人で夕食を食べている。それぞれに付き合いは少ないほうではない。背後にいる功一の会社の社員と家族のため。景子の仕事に関する人々に迷惑をかけないため。体力が落ち、家にこもっている義母に会う時のため。入院している実家の父のため。そして自宅で父の帰りを待ち、自粛解除となり面会禁止が解けた時、父とまた逢える日を心待ちにしている母のため。

「俺はいいけど周りに迷惑をかけたくないから、あんまし行きたくないんだよね」

とも言っていた。そうか。あの時はまだ道重の考えが頭の隅にあったのか。

それも風前の灯だったのだろう。

「娘は君の家に渡すのではない。君を見込んだから娘を託すのだ」

以前息子は、アチラの父親からそんな言葉をもらったと喜んで連絡をしてきた。

「俺は認められた」と。

夫はすでに憤っていない。多少の愚痴や不快な感情はあっただろうが、基本的には受け入れており、相手に対する心のどこかの声に早めに蓋をした。息子が幸せに暮らしていくことが一番、と感情の変換ができる人なのだ。

あの子達は式を挙げる神宮で、祝詞を受けるはずだ。幾久しく家と家とが繋栄するようにと唱えてもらうのだろうに。
着陸のアナウンスが流れる。耳鳴りは治まったが心のざわつきはまだ続いている。

5

「格合わせ」という言葉が正式にあるのかも知らない。留袖ドレスが東京都町田市界隈のママ友の間で流行っていて、あちらの母親がそれを着たいのかもしれない（いや、そもそも家族だけが大切、そこが優先でママ友はいないようだ）。留袖ドレスとは丈が長ければいいのか、足首が見えると格が下がるのか、格合わせをするのなら私も留袖を着てはダメなのか、そんなことはお互いのコミュニケーションの問題で、容易にクリアできることではないだろうか。両方の親が和装と洋装で分かれていいのか。そうだ、夫は紋付を着ると言っている。そこは唯一譲れない何かがあるのだろう。モーニングのような燕尾服は気恥ずかしいし、夫は着物を着慣れている。和顔なので紋付がよく似合う。本当に、別に、自由だと思う。紋付でもドレスでもいい。神社式でもドレスを見たことがある。インターネットで検索すれば答えはすぐに見つかる。着物の締め付けが苦しいからと、楽に軽やかに式を楽しむことが今時なのかもしれない。

「みか子の親は留袖ドレスというものにするらしい。母さんの前でみか子は〝親には留袖を着てほしいです〟と言っていたし、母さんは着物を着ていくだろうから今さら嫌かもしれないけれど、こちらだけ変更することを母さんに伝えて。みか子の父親はモーニングを着るよ、父さんも着るよね？」と、敬介は昨日夫に伝言をしたようだ。

夫は私にこの話をすると長くなると思ったのだろう。出社する直前に「もうそれでいいな、お前もぐずぐず言うなよ」と、この話を「おしまい」と切り上げた。おしまいって何も始まってないし。それに息子よ、〝こちらだけ〟ではないだろう。アチラダケでしょう。

君はいつから婿養子に行ったのか。

そもそも、ここのところ核家族の〝アチラ〟が「四人五脚＋1」のように「娘の夫」ではなく、「息子」という振る舞いをしてくることに、景子のいら立ちは最高潮になっていた。

アチラは二人姉妹で、みか子は姉だ。私の周辺にはいないが、今時の娘さんからは久しく聞かない、大学時代の門限は夜八時、旅行は家族とだけ、友人との泊りがけの旅行などもってのほか、などという世間からかけ離れたような家族像から、もしかして〝纏綿(てんめん)家族〟では？　と思うことがある。真綿がすでに息子にも纏わりついて絡み合っている。

景子は携帯をとり、「十分だけ聞いてちょうだい」と実家の母に鼻息荒く電話をした。

看護師というハードワークを七十五歳まで勤めたあと、今はのんびりと暮らしている母は、私が勝手に憤っている留袖ドレス騒動をひとしきり聞いたあと、「東京ではそれが流行っているのかもねー。でも私はやっぱり留袖がいいとは思うけどねー、古いのかしらね」と電話口で穏やかに笑った。「あなたのものは先週出して大丈夫だったわよー、風通しをしているからねー、やっぱり柄がいいわよ、大正解!」と満足そうな口調でマイペースな主張をした。母は先日「お義母さんの留袖を私に着せて、想いを紡いでいきたい」という夫の旧い提案を快諾しており、今日も「ありがたいね、ありがとうね」と電話口で何度も嬉しそうに笑った。

ひとしきり話して「まあ解るけどね、一度落ち着きなさいよ。あの子の幸せが一番よ」と孫の幸せを諭され電話を切った。そうだ。この人こそホンモノの寛容な人なのだ。

わかっているよ、おかあさん。わかっているのよ……。でもダメなのだ。私がダメなのだ、一〇〇%私のエゴだ。息子を取られたエゴだ。でも大騒ぎして何が悪いのだ。なぜ言いなりになって、大きな庭園のある館の和食を食べながら顔合わせをしたがるのか。じゃあ私は何処ならいいのか。なぜ大きな神社で挙式をしたがるのか。ハコやブランドが「夢だったんです」と言えば「そうか、そうか」と私も笑って「わかるわ、トモダチに見栄張りたいよね、張りなさい、張りなさい、ミエ。素直でいいよね、父さん」などと笑うだろうか？ いや、笑えないか。

ひっついて離れなかった幼子の頃の敬介との想い出がある。それを、時々記憶の中から宝箱と一緒に取り出すのだ。あの頃書いてくれた似顔絵。折り紙で作ったありがとうの花。サンタさんへのお願いの手紙。そして〝ほくっ〟とした坊主頭の笑い顔。
親子で懸命に野球に打ち込んだ日々。甲子園で感動をもらい、自分達が青春のやり直しをさせてもらっているように涙を流し、引退時に「育ててくれた両親へ」と感謝の言葉……。

それでも私は、いつか訪れた時のお嫁さんとの可笑しい会話を夢みていた。遠い将来の理想と空想を膨らませ、四歳から息子を、時には間違って目の中にいれて「いたたたい！」と失敗しながら、泣きながら、子育てをしてきたのだ。
私は継母だ。そして私達はステップファミリーだ。

実家の父は結婚式で、「これからは二人のことだけを考えて生きてくように。お前の感情は捨てろ」と私を送り出した。私は父の言葉を胸に大切にしまい、覚悟を決めて道重の家に嫁いだのだ。

景子はお雛様のようにちょこんと座り、ウフフと笑っているみか子を思い浮かべた。

「道重家を、実家を、私を蔑ろにしている罪は重い」と考えながら、ああ、イヤな感情だと思う。

「お父さん、私はまだまだだね」

と小さく声に出してみたが、今は高く澄んだ空の上にいる父は何も答えてはくれない。


自分の中で納得する答えを見つけたい。理由が欲しい。心の何を探求しているのか、いい意味でも悪い意味でも気づきを探しているような気がする。今が変化の時期なのだ。

探していたものがもうすぐ見つかる気がするのだ。これから起こることへの準備や、新しい世界に出向く時の。何か周囲が活発に動いていて勝手に変化の時期を知らせてくれるような、素直に間違えずに他人に向いていた矢印を自分に向けていくことができれば、見つけたかったものは見つかる。今は内省の時だ。

一度整理をしなければいけない時なのかもしれない。見つけたいものは気づきであり、やらなければいけないことは感情の整理だ。距離を置く。一線を引く。離れる。捨てる。守る。愛する。

心の中を整理し、取捨選択をするタイミングが今なのだろう。これまでの感情との間に一線を引くことができたら、迷いから抜け出せるのだろう。これが自分の幸せだという整理ができてくるのだろう。色々な選択肢の中で最後の決め手は私の感情なのだ。感情の切り替えが素直にできた時が終了のタイミングなのだろう。感情の整理を終え、幸せをつかんでいきたい。私はまだ全ての愛を注いでいない。まだどこかの奥に素晴らしい何かを仕舞っているのだ。感情の整理をつけることで、きっと動けるようになる。喧嘩の仲直りもしなくてはいけない。そして充実感を取り戻す時期なのだ。そうすることによって、ようやく前に進むことができる……。

外に飛び出すエネルギーは持っている。前に前に進むのだ。

6

「え、相手のお母様は留袖を着ないのですか？」

九月中旬になっても、まだ日差しが照り付ける暑い時期が続いていた。

子供を授かり、出産のため東京から戻っていた世襲妻の凛子が、大きなお腹で大粒の汗をかきながら、里帰りの挨拶を兼ねて息子の近況を手土産に道重家へとやってきた。

様々な制限は二年半のうちに少しずつ解除の方向に向かってはいたが、まだ終息宣言がでたわけではない。妊婦さんに何かあってはと、景子はかかってきた電話口で、「おかえりなさい。帰省も大変だったでしょう。うちにも出向いてくれるなんてありがとうね。でも、体がしんどいでしょ。この電話でもう充分よ」と伝えてみた。

するとと凛子にしては珍しく、景子の言葉が終わる直前に、「お好きな芋羊羹を買ってきました。ご存じのように消費期限が短いので、今から伺いたいのです」と柔らかい口調ながら、ストレートに希望を伝え終えた。

「じゃあ、二時にね。でもまだ暑かったら、日照りが収まった時間でいいからね。気を付けて」と電話を切った。そうか、こうやって人と会い、物を消費し、経済を回していくことで世の中が少しずつ普通を取り戻していくのかしら、などと呑気に考えながら、景子は軽く拭き掃除を始めた。

「そうだったのですね、チコクかー」

「その留袖ドレスとやらはもう作ったのですか。連絡がないのでは、アフタヌーンドレスでもロングなのか足首が出ているか、もうわからないですよね」

「あの子達、この間先に籍をいれたのですよね、じゃもう道重のお嫁さんですよね。なんだか、あちらは娘を可愛がってほしいという考えがあまりないのじゃありませんか？　おたくの息子を可愛がりますからということじゃ、ちょっとアレですよね、それに、一言ドレスを着ますって連絡くれるだけで印象が違うのにね」

「今時、格合わせを気にするなんて、私が古いのかなー」

「やー、でも道重家に嫁いだのだから、人を敬う心がないと、ですよね」

凛子は最近起きた様々な出来事を聞く傍から、景子の言いたいことを全て自分自身の感情のように、肩代わりするかのように、ノンカフェインのコーヒーや水でのどを潤しながら、「実はですね」と話を切り出した。

世襲夫婦の父親、つまり今ここにいる彼女の義父が、今回の件を一通り聞き、蔓延防止宣言が解除になったあと、わざわざ敬介に会いに東京に行ってくれていたのだ。

そこから息子は、子供の幸せのためならいくらでも我慢ができるという親の気持ちをようやく理解し、長い時間、嗚咽をし、引きつけ泣きをしたそうだ。

その場には、敬介が学生時代、議員会館で選挙の手伝いや雑務のアルバイトをしていた地元選出の議員と、仕事を教わった女性秘書二名も同席していた。

敬介だけでは終わらず、みか子の父親とも連絡をとったようだ。議員と会えるならと少し本音を漏らしながら、いそいそと同席したそうだ。

御大は、この息子の父親は、地元の名士で、社会貢献活動や、地域活動で国や県から何度も表彰を受けておる。社長業の傍ら、地元に多大なる貢献をしておる。

おたくは何か人様から尊敬されるような活動をしておるのか。

母親は企業を渡り歩くキャリアコンサルタントで、マナーや接遇に精通しておる。おたくの家はこれまで非常識な行動を何度かされておる。あげく娘が可哀そうに恥をかいておるじゃないか。

家の場所が気になるなら、敬介の母親の実家は神戸の山手にある。一度でも敬介君が自慢のように話しましたか？

家に娘はやらないと言ったそうだが、あの夫婦はいちいち自分達のことを華々しく話す人間ではないでしょう。これまで黙っていたが、家柄やおたく様の気になる何やらの全ての条件は、そちらの意図に添えましたかね。と静かに、然し乍ら強く言明した。

議員にバトンタッチをしてからも、アチラへの話は続いた。この子は私が是非にとお願いして、一生面倒をみるつもりであったが、三年後に父と母のもとに帰り、家業を継ぎ、人生を学びたいと言いました。私共はこの子の父親を尊敬し付き合いをしているので、父親を飛び越えて面倒を見たいとは言えないのです。この子の力を是非自分のもとで発揮してもらいたいので残念に思うが、義理を欠くようなことはしない。

　そして、確かに能力はあるが、くれぐれも息子の力だけで我々が喜んでいると勘違いをされないように。全てはこの子の両親のおかげです。


「主人も同席していたのですが、明らかに不満そうなあちらの父親に対して、義父は締めにこう言ったそうです」

〝私共も「是非、道重家に」とおっしゃるご令嬢方との祝言話をいくつも預かっていたのですがね、しかし、あの夫婦は「みか子さんが息子を選んでくれただけでありがたい」と言っておりましたよ。おたくは日頃から人物よりも家と家の関係にこだわっておられるのかもしれませんが、もし今回、その考えを改めて道重の息子の人柄を信頼してみか子さんを託そうとするのならば、ワシら道重家の関係者もお嬢さんを人柄で選んで納得しているのとまさに同じ考えですから、そういうことでよろしいですかな？　人柄じゃなくて家柄が大事だなど、あまり人を馬鹿にするもんじゃありませんよ〟

「そして、義父は無礼を申したと深く頭を下げたそうです」

みか子の父は食品メーカーで定年まで勤め上げたあと、今は週二回、子会社で嘱託として働いている。約束したホテルのロビーで会った瞬間、立ち上がり挨拶を始めようとした敬介を含めたスーツ姿の一行にハッとして、「いや、皆さん、そんな恰好で暑くないですか？　昨日、特に用事があった訳でもないんだけど、たまたま敬介くんに飲みの誘いで連絡をしたら、ちょうど電話しようと思っていたって。気が合う、ねぇ、敬介くん。今晩空いているかとのことだったんで、ねぇ。しかし日本は暑いですねぇ。同じ暑いならハワイにでも旅立ちたいですよ。まだ海外に行けないなんて、政治家さんの力で何とかなりませんかねぇ、ハハハ」と、手の甲をヒラヒラさせ、小さく飛行機の真似をしながら、一気にまくし立てたそうだ。自身はスーツを身に着けていない。元企業戦士は強者と冷静に戦うための鎧を纏ってこなかったのだ。態度の端々は、言葉とは違う緊張感で溢れていた。

そして、先のように御大や議員にくぎを刺されての帰り際、誰とも目を合わせず、「敬介くん、ずいぶんとお堅いねぇ」と言い放ち、「まっ、また二人でね」と敬介以外には挨拶もそこそこに、顔を引きつらせ、そそくさと帰路についたそうだ。

彼にも怒りに震えるほど譲れない矜持があるのだろうか。それともやはり他者と関わるがめんどうくさいだけなのだろうか。

しかし、スキップといい、飛行機といい、よく踊る家族だな、と景子はいけないと思いながらも笑いそうになる。

これは私の勘でしかないが、多分御大は違う言葉を用意していたのではないだろうか。あの人が最後に詫びを入れるような強い言葉を人前で発することは、私の記憶の限りでは初めてだ。

「これね、義父と主人には道重の家には話さないように言われたのです。でしゃばってしまった、と。私も普段は従うのですけど……。ご主人と奥様があの子のためにじっと我慢をされている姿を見てきたので。これは私のエゴですが、お伝えしなければと思いまして」

もう決めよう。これまでの会話や出来事で許せないことがあった。でも、もう許そう。みか子は私で、私の全部だ。だから腹がたったのだ。私は絶えず色々な欲を求めてきたのだ。そうして苦しみを繰り返し、常に虚しさを抱えていた。どこかで私も周りを傷つけていた、無意識に。絶対に。

すべて許そう。今の自分も、周りのことも。優劣や善悪、損得を交えた見方をしないことだ。

そして自分と関係ない世界で起きた情報も状況も、うのみにせず、悪者を探すことを全てやめるのだ。

これからも許していこう。悔しかったこと、つらかったこと、許すことで、私も許される。

いや、許すのではない。そして私もすでに許されているのだ。

捉われないことなのだ。

これまで当たり前と思っていたことは、当たり前ではない。

それに気がついた時、私は無条件に許される。

内省の声が聴こえた。

「迷いから目覚めなさい」

青色青光、黄色黄光、赤色赤光、白色白光。

違う全てを受け入れる。

数日後、分厚い封筒に入った敬介からの手紙が、速達で届いた。

7

ありがとう、息子よ。私は何もかもまだ足りていません。もっと愛することができた、もっと守ってあげることができたはず。ずっとそう思っています。でもありがとう。よくここまで育ってくれました。そして私を育ててくれました。

父さんと母さんも、君と歩んだ日々から卒活しないといけませんね。これからは違う家族の形ですね。みか子ちゃんと二人で新しい家庭をつくってください。

元気でいるのか。お金はあるのか。友達はできたのか。君の学生時代、父さんはあの曲のようにいつも君を想っていました。

大事なのは変わっていくこと、そして変わらずにいること。
東京で一人頑張っている君を想い、母さんはいつも泣いていました。

【5さい】
たんぽぽがとんでいく
しょうてんがいのよこのみちに、ちいさなたんぽぽがさいていました。
たんぽぽはわたげになりました。
あるひ、つよいかぜがふいてわたげはそらたかくとんでいきました。
わたげはかぜにのってどんどんとんでいき、おさかなやさんのやねのうえにおりました。

おさかなやさんのおじさんはとてもやさしいおじさんで、おなかをすかせたねこにおさかなをたべさせてあげていました。

わたげはおさかなやさんがだいすきになり、おさかなやさんのよこにさくことにしました。

とてもやさしいおじさんはたんぽぽのちいさなめをみつけると、まいにちまいにちおみずをくれました。

そしてはるになり、たんぽぽはとても　きれいなはなをさかせました。おしまい。

【11才】
福原せんせい
今家にお手伝いさんのような人がいて、ぼくはとてもイヤです。ご飯をつくったり、そうじをしたりしていて、お母さんでもないのに、「部屋をかたづけなさい」とか「おふろに入りなさい」とかめいれいをしてきてうるさいです。ぼくを生んだお母さんは、今ははなれているけど、またいつかいっしょに暮らしたいです。お母さんには卒業式にもきてほしいです。

【二十八歳】

たぶん母さんに書く手紙は高校の時以来かな？　ここ最近、母さんに嫌な思いばかりさせてごめん。俺のことを一番わかっている母さんが「変わった」と言うなら、最近の俺は良くない方向に変わっているのだと思う。

俺の言動でたくさん傷つけてしまったこと、とても反省しています。悪いのは全て俺なのですが、母さんとの関係が悪くなってしまった今の状況が俺にとってはとてもしんどい状況で、どうすれば元の仲の良い関係に戻れるのか、ずっと考えていました。

ですが、全くわからず、とにかく今感じている思いを伝えよう、そして元々は結婚式で伝えようと思っていた感謝を伝えようと手紙を書いてみました。たぶん文章まとまってないけど読んでください。

母さんに対しては不満なんてあろうはずなく、本当に感謝しかありません。

確か僕が四歳の時一緒に暮らし始めて、中一の時結婚したと記憶しています。正直、当時は母親だとは思えず、その気持ち故にたくさん喧嘩をしたと思います。それが変わったのは高校時代です。

知っての通り、高校時代は俺にとっては一番しんどい時期でした。

思い描いていた野球人生が上手くいかず、寮生活もつらかった。それを三年間頑張ることができたのは、やっぱり毎週のように遠くから来てくれる二人の存在が支えになっていたのだと思います。

今思うと、面会日以外、会うことも、話をすることもできないのに、よく来てくれたなと思います。グラウンドからでもすぐにわかりました。

親が仲良くなれば子供も仲良くなると、最初は無理が多かったと思いますが、同期の親と仲良くしてくれて、野球部を引退して落ち着いて考えることができるようになって、今までやってもらったことのすごさが理解できてきました。

その頃自然と「母親なんだなぁ」って、むしろ「母親じゃないとここまでできないよな」と、感謝と共に呼び方も「母さん」と呼んだと思います。

その後、僕の就職のタイミングで、結婚当初の周囲の人達との関係や、僕が嫌な思いをしないようにと、子供をつくらなかったこと、いつも僕の部屋をキレイにしてくれていたことなど、過去の知らなかったことを父さんから聞いてきました。

どこまで僕のことを思ってやってくれるのだろう、と泣いたこともありました。

これと同時にこの頃から理想の夫婦像が父さんと母さんになって、母さんみたいな人と結婚できればと思うようになっていました。

そんな中で、父さんの会社を継ぐ理由で地元に帰ることを決めたけど、父さんも母さんも自分が幸せになってほしいと思ったし、帰る一つに、近くにいたいという理由が増えました。

結婚前に九州に旅行に行ったのも、二人に少しでも楽しく過ごしてもらいたいと思って一緒に行きました。

とにかく全く伝わってないと思うけど、去年から本当に二人のことが心配で、幸せになってほしいと思っている。

結婚のことだって、タイミング的にいい機会だと思っていました。

僕は昔から「家族とは?」みたいなことをよく考えています。

世間では産みの親だけど我が子を愛せない親もいます。そう考えた時、何をもって家族となるのか、血縁じゃなくて気持ちだと思います。

どれだけ家族の幸せを願っているのか。

そうすると僕らはいたって普通の家族です。

周囲の人がどう思って、何を言っているのか知らないけど、僕はいたって普通の家族だと思っています。

というか、僕自身は自分の家族が特別とか、変だとか、周りと違うとか思ったことはないし、何かを悲観したこともないです。

もっと言えば、最近は母さんが再婚で、産みの親じゃないことも忘れているくらい、僕にとって母さんが母さんであることは当たり前のことでした。

だから養子縁組のことも、別に何とも思わなかったし、書類上のことなら早く手続きをしたいと思ったし、仮に養子縁組しないとしても、母さんが母さんであることに変わりないと思っていました。

あと、母さんがどう思っているかわからんけど、父さんは俺が高校から家を出て県外に住み、親と暮らしてないことを「遠くに追いやった」みたいにネガティブに思っていると前に聞きました。

もうこりた

もし母さんも同じことを思っているなら、そんなこと思わないでください。

俺が高校で野球留学をし、東京の大学や会社に入ったのは全て自分で決めたことで、父さん・母さんに言われて決めたことじゃない。むしろ俺が決めた進路の全てをサポートしてくれたことに感謝しているし、おかげで自分で決めて動く今の自分ができていると思う。主体的というか、積極的というか、こういう所は少しは評価されていると思っていて、これは二人のおかげだと思う。

とても長くなったけど、母さんには全てのことに感謝しているし、母さん自身が幸せになってほしいと願っています。

人は迷い、揺れる。
大丈夫、大丈夫。
すべての答えは「愛」でした。

あとがき

もうこりた

これまでふとした拍子に考えていることを、読書のように縦に並べながら空想してきた。が、すぐに忘れてしまい、文字に起こしたことは一度もなかった。

朝方見た夢の中で文章がとんでもない速さでズラズラと羅列し、登場人物がセリフを言い、あれよあれよと物語ができていくこともあったのだが、起き上がり、その夢やセリフを忘れないようにと書き残しておくような行動をしたこともない。

私が頭の中で思い浮かべるものはなぜかドロドロとしたもので、現実の平和な環境にいても、何ももめごとのない状況でも、目の前で起きている出来事を嫌な物語に変化させたいという願望や潜在意識でもあったのか、頭の中でいらだち、起こってもいない出来事をまるで真実のように考えていることがあった。

そして現実の世界で起こった理不尽な事柄や、嫌な出来事に出くわした時も、それは私の頭の中で何倍にも膨れ上がり、仮想の物語になり、その様々ないらだちの、空想の、きれいな着地点が見つからないまま、いつの間にか忘れている、という日々であった。

そして、そんなものを残しておきたくはなかった。

でもある時、突然「ずっと頭の中にある文字を整理し、空想してきた感情を思い出せるだけ思い出し、文字に残してみたい」と考えるようになったのだ。私の中の感情はきっと本物なのだろう。そしてイライラ、カッカ、モヤモヤ、ドロドロは私のものでもあるけれど、世の中の〝今〟が面白くない女性の感情を繋げたものでもある。

空想を文字にすることで、何も怖いものがなかった若く非情な日々や、楽しかった時間を思い出し、活力が戻ってきた。

ここに出てくる若い女の子達は私だ。ただ主張ができた日々の私だ。

まだ道の途中だが時々振り返り、人生の棚卸しを行ってみる。これまで自分の意に反した数々の出来事があった。半面、たくさんの素晴らしい出逢いもあったのだ。

次の「忘己利他（もうこりた）」は結婚式だろう。

血圧が上がるだろうが、新しい扉になりそうな予感しか、しない。

＊この物語はフィクションです。実在の人物とは一切関係がありません。

著者プロフィール
中谷 美久（なかたに みく）
東京都生まれ。キャリアコンサルタント。専門分野は子育て世代のワークライフバランス推進や、女性のキャリア形成支援など。また、ひとり親家庭・ステップファミリーなど様々な家庭に寄り添い、子どもの声に耳を傾ける活動に取り組む。
主な資格
・国家資格キャリアコンサルタント
・JCDA 認定 CDA（キャリア・デベロップメント・アドバイザー）
など

もうこりた

2024年1月15日　初版第1刷発行

著　者　中谷 美久
発行者　瓜谷 綱延
発行所　株式会社文芸社
〒160-0022　東京都新宿区新宿1－10－1
電話　03-5369-3060（代表）
03-5369-2299（販売）

印刷所　図書印刷株式会社

ISBN978-4-286-24888-2